Mauricio Rosencof
Das Lied im Kieselstein

Mauricio Rosencof

Das Lied im Kieselstein

Illustrationen: Elbio Ferrario

Aus dem Spanischen übersetzt von
Andrés Krug und Berenike Metz

Verlag Libertäre Assoziation

Die deutschsprachige Ausgabe dieses Buches ist von Beate und Theo für Elisabeth und Julia.

Titel der Originalausgabe: Leyendas del Abuelo de la Tarde,
Montevideo 1990, arca/tae

Verlag Libertäre Assoziation
Lindenallee 72
2000 Hamburg 20
Tel.: 040/439 36 66

ISBN 3-922611-18-4

Lektorat: Beate Engelhardt-Roth
Erfassung: Rosi Schneider, Gerli Frost
Satz: Fotosatz Ulla Penselin
Lithographie: Peter Hahne, confront
Druck: WDA, Brodersdorf

Inhalt

Diese Legenden haben ihre eigene Geschichte: Sie entstanden in der Unbekannten Dimension, in Briefform geschrieben für ein Mädchen mit Namen Alejandra. Die Geschichten, die in diesem kleinen Buch gesammelt sind, sind nicht vollständig. Denn viele, die geschrieben wurden, erreichten das Mädchen nicht. Denn in der Unbekannten Dimension weiß man bekanntlich nie... Wohl aber weiß man, daß sie alle Alejandra gewidmet waren.
Daß ein Teil dieser Geschichten erhalten blieb, ist der schützenden Hand von Freunden zu verdanken, die sie vor der Vernichtung bewahrten. Auf mysteriöse und klandestine Weise gelangten sie in die Hände des Autors zurück.

Der Großvater aller Dinge

In den Zeiten, in denen all diese Dinge geschahen, beschien des Nachts eine seltsame violette Sonne die schweigsame Erde.

Das Schöne an jenen Zeiten war, daß die Ereignisse, von denen heute nur die Legende geblieben ist, damals ganz alltäglich waren.

Schade war nur, daß es in den Tagen der jungen Zeit niemanden gab, der all das für die kommenden Generationen aufschrieb.

Bis zu jenem Tag, an dem die Himmel vom Erscheinen eines leuchtendroten Punktes überrascht wurden.

Mit Staunen betrachteteten die Dinge jener Zeit die lebhafte, feurige Kugel, die sanft – wie eine von der aufgehenden

Gelben Sonne gefärbte Feder herabschwebte. Sie hatte eine orange-violett-rötliche Farbe.

Sie senkte sich in ein seidengrünes Tal, und als sie sich, zart wie ein Schmetterling in den Träumen, niederließ, fragten sich die Dinge verwundert, was das wohl sein könnte.

Es war ein prallbunter Fallschirm, der wie ein halber Jahrmarktluftballon aussah. An ihm hing ein feuriges weißes Pferd, mit einer zerzausten, üppig-weißen Mähne. Sein stolzer Reiter schaute sich nach allen Seiten um, als ob er sagen wollte: „Nicht schlecht, nicht schlecht." Dies war seine Art zu sagen, daß alles in Ordnung war und daß ihm die Landschaft gefiel.

Als die zierlichen Hufe des weißen Pferdes die Erde berührten, verschwand der Fallschirm wie von Zauberhand, und der Reiter stieg ab. Er sah aus wie Don Quichotte, mit einem vollen, wolkigen Bart, und trug ein himmelblaues Gewand und leichte Sommersandalen. Sein Blick war schalkhaft und gütig zugleich und strahlte in einem ungewöhnlichen Grün.

In eleganter, gelassener Haltung war er vom Pferd gestiegen, und genauso vornehm – wenn auch etwas verstohlen – rieb er sich eine Hinterbacke. Die Reise war lang gewesen.

Das weiße Pferd verschwand in leichtem Trab hinter einem Hügel von sattem Klee. Der Himmelspatriarch machte sich auf den Weg zum Meer.

„Hierher werde ich nun jeden Abend kommen", sagte er und wies auf eine Stelle. „Denn mein Auftrag ist es, die Geschichten zu erzählen." Und er maß alles mit einem liebevollen Blick.

Mit der Zeit sprach sich herum, daß er der Großvater aller Dinge war. Aber zunächst kannten ihn die Dinge, die in den Stunden der untergehenden Gelben Sonne auf ihn warteten, unter dem Namen „Der Großvater des Abends".

Die folgenden Legenden beruhen auf seinen Erzählungen.

Der Sage nach stammen alle Großväter, die heute auf der Welt sind, von diesem ersten Großvater ab. Und sie bewahren von diesem würdigen Ahnen den schalkhaften, gütigen Blick und die Gewohnheit, bei guter Laune die wundersamen Taten der Dinge zu erzählen.

1. Das Seepferdchen

Man erzählt, daß es in einer vergangenen Zeit keine Städte gab, sondern nur kleine Dörfer am Ufer stiller Seen mit kleinen Häusern, roten Ziegeldächern und einem Glockenturm. Zu dieser Zeit trottete auf der ganzen Erde nur ein einziges, einsames Pferdchen umher. Und auch den Wind soll es noch nicht gegeben haben, und die Wolken schwebten höher als die Gelbe Sonne, um sie nicht zu stören.

Da sich das Pferdchen abends sehr allein fühlte, ging es ans Ufer des stillen Meeres, dessen Oberfläche kaum von Wellen bewegt war. Denn in jenen Tagen war der Wind noch nicht erfunden.

Dann tauchte es seine Beine bis zu den Knöcheln ins Wasser und betrachtete sich in dem zahmen Meer wie in einem

Spiegel. In diesem Augenblick wußte es, daß es zu zweit auf der Welt war. Es vertrieb sich die Zeit damit, zu lachen und Grimassen zu schneiden, die das Wasserpferdchen still nachahmte. Und so war es lange, lange Zeit.

Eines Tages jedoch wurde es dem Erdenpferdchen mit seinem Abendgefährten zu langweilig, und es ging in die Wälder, um wilde Erdbeeren zu essen.

So kam es, daß sich das Spiegelbild des weißen Pferdchens, gewohnt an die allabendlichen Treffen mit seinem Erdenbruder, allein am Ufer einfand, um nach seinem Freund zu suchen.

Im Unterschied zu diesem hatte es eine sanfte grüne Farbe, und seine Mähne war wie nach Salz und Muscheln duftender Seetang.

Vom Grund des Wassers aus blickte es still und erstaunt zur Oberfläche hoch, ohne sein Ebenbild finden zu können. Da füllten sich seine Augen mit den Sternen der Nacht, die in seinen großen Pupillen leise bebten, und seine feuchten Lippen tranken genüßlich die vom Sonnenuntergang orange-lila gefärbte Luft. Und so vergnügte sich das Wasserpferdchen Abend für Abend.

Dennoch hatte es Kummer. Es war nicht glücklich. Denn obwohl das Meer und der Himmel riesig und unermeßlich waren, konnte es nicht weiter hinaus als bis zur Sandbank, wo es sich gerne hinsetzte, um auf seinen Erdenbruder zu warten. Das Ärmste konnte nicht aufs offene Meer hinaus, denn es war immer von den Bewegungen des anderen abhängig, wie das im Spiegel gefangene Bild, das schweigend, ohne Stimme, nur nachahmt. Auch singen konnte das Seepferdchen nicht, und das, wo doch die Lieder die Begleiter der Einsamen sind.

Bis eines Tages die Sterne, die seine Freunde waren, einen Entschluß faßten: sie begannen zu pusten. Sie hatten schon

seit langem beobachtet, wie das Seepferdchen unter seiner Unbeweglichkeit litt, und ihr Pusten war süßer Flötenklang. Die Brise wehte vom Himmel herab, wirbelte die Luft auf, eilig und sangeslustig. Die Zweige der Wälder bewegten sich, die gefiederten Schöpfe der Vögel wurden zerzaust, und auf der Oberfläche des Meeres und der Seen kräuselten sich die Wellen.

Und so kam der erste Wind auf die Erde, sanft wie ein Flügelhauch und geheimnisvoll wie die Spur, die das Kleid einer Fee im Flug hinterläßt.

Die Brise strich zart über die Wangen des Seepferdchens, das lächelnd „danke“ sagte. Und sein erstes Wort war wie der Flötenklang. Dann fing es an zu tanzen. Und es entdeckte, daß seine Beine von selbst anmutige Bewegungen machen konnten, wie junge Wellen und wandernder Seetang.

Und so zog es, ohne noch mehr Zeit zu verlieren, auf die See hinaus, und sein Schweif quirlte Blasen ins Wasser.

Auf diese Weise wurde das erste Seepferdchen geboren, das wie seine grünen Brüder manchmal abends an der Oberfläche erscheint, um sich mit den wundersamen Brisen und seinen Freunden, den Sternen, zu unterhalten.

Dann können wir jenen zarten Klang hören, den der Abendwind an den Frühlingstagen herbeiträgt.

2. Die Legende von der Farbe Orange

Der Großvater des Abends setzte sich auf den Felsen, nahm eine Farbe in die Hand und erzählte folgende Geschichte:

„Dieser kleine orangefarbene Fisch", sagte er. „Dieser kleine Fisch ...", und er schaute um sich und sah, daß niemand da war. Aber das machte ihm nichts aus, denn er wußte ja, daß seine Erzählungen später einmal aufgeschrieben werden würden. Dann wandte er sich erneut dem kleinen Tierchen zu, das in seiner Hand wie der Strahl einer weit entfernt aufgehenden Sonne leuchtete und fuhr fort.

Es gab eine Zeit, in der die Orangenfische vom Mars noch nicht am Erdenhimmel erschienen waren. Damals war die Farbe Orange auf der Welt noch unbekannt.

Die Orangen waren grün, süß aber grün, und so wurden sie auch genannt: Grüne. Der Regenbogen hatte neben der roten Farbe einen leeren Streifen, und das nächtliche Lagerfeuer war aus Gelb und Blau. Die gelbe Flamme spendete Licht, und die blaue schwärzte die Töpfe. Aber der Mensch jener Urzeit sehnte sich nach einer warmen Farbe, die am Lagerfeuer sein Gesicht mit kupferner Hand streichelte, nach einer ruhigen Flamme, die vor dem Einschlafen in seinen Augen leuchten würde.

So traten eines frühen Morgens die Orangenfische vom Mars die Reise an, denn sie waren sich der Probleme bewußt, die es auf der Erde gab, weil die Farbe Orange fehlte.

Und die Probleme auf der Erde waren ernst. So ernst, daß beispielsweise die Kinder, die im Sommer „Orangensaft" trinken wollten, nicht wußten, wie sie ihn bestellen sollten. Und wenn man ihnen „Grünsaft" brachte, mochten sie ihn nicht. „Was ist das denn?" fragten sie. „Grassaft?" Und sie tranken ihn nicht.

Nach langer Reise näherten sich die Orangenfische schließlich dem Ende ihres weiten Weges. Nur einmal legten sie eine Rast ein und aßen die Krumen des knusprigen Sternenbrotes, das bekanntlich ihr Leibgericht ist. Die Ankunft des lebhaften, orangefarbenen Schwarmes, der im warmen Sonnenlicht schimmerte, war herrlich anzusehen.

Viele Menschen erschraken jedoch, als sie zum ersten Mal diese orangefarbene Morgenröte sahen, deren Widerschein die Dinge durchdrang. Eine Frau erblickte eine orangefarbene Flamme, die sich in die gelbe und in die blaue Flamme ihres Herdfeuers geflochten hatte, und schrie: „Was ist denn das!".

Und als sich am Abend die Fische über den Horizont ergos-

sen und sich wie eine orangefarbene Invasion dort niederließen, bekam der Herr mit der Aktentasche Angst und rief erschrocken: „Na, sowas!“ Denn noch nie hatte er so eine Farbe gesehen.

Aber als die Kinder, die im Hain der grünen Apfelsinen Fangen spielten, sahen, wie die Früchte langsam ihre heutige Farbe annahmen, sagten sie: „Na endlich!“ Und sie freuten sich. Sie hatten gleich begriffen, daß die Orangen orangefarben sein würden, und wie sollte es auch anders sein ...

Und so brachten die Orangenfische vom Mars die Farbe Orange auf die Erde, wo man sie bis zum heutigen Tag in den verschiedensten Dingen sehen kann.

Manchmal, wenn die Farbenbrücke – zu jener Zeit hieß der Regenbogen so – nach dem Aprilregen zum Vorschein kommt, kann man ein kleines Glitzern am Rande seines orangefarbenen Streifens erkennen.

Das sind die Orangenfische vom Mars, die hervorkommen, um in der Sonne zu spielen.

3. Die Pusteblumen der Venus

Ein wenig außer Atem trat das Mädchen aus dem Wald hervor. Die ganze Zeit war es hinter Schmetterlingen hergelaufen. Vor seinen Augen breiteten sich sanfte, grüne Hügel aus. Eine Frühlingsbrise zerzauste sein Haar, und es bekam wieder Lust, Fangen zu spielen. Auf der Suche nach den bunten Flügeln der Schmetterlinge schaute es in die Luft, aber sie waren im Dickicht des Waldes zurückgeblieben. Die Luft war leer, und das Mädchen wurde traurig. Es wollte spielen, hinter irgend etwas herjagen. Aber da war nichts. Und Alleinelaufen macht keinen Spaß. Der gewellte Teppich war jedoch so verführerisch und die Luft so frisch, daß es dennoch anfing herumzutollen – fast schon fröhlich.

Zu dieser Zeit schauten gerade die Alten Pusteblumen der

Venus durch ihr großes Fernrohr auf die Wiesen der Erde, und sie sahen, wie das Mädchen allein über die sanften Hügel lief. „Dieses Mädchen sieht traurig aus“, sagten sie sich. „Da muß etwas geschehen.“ Auch die Alten Pusteblumen der Venus wußten nämlich, daß Alleinelaufen keinen Spaß macht. Und als ihnen auffiel, daß die Luft über den Wiesen leer war, beschlossen sie, ihre Enkel auf die Erde zu schicken.

Und so trat an einem Tag im September vor vielen, vielen Jahren eine Pusteblumenexpedition von einem Venushafen aus ihre erste Reise zur Erde an. Ihre Mütter hatten sie mit Sorgfalt gekämmt, und die Großeltern hatten ihnen den Auftrag, den sie ausführen sollten, erklärt. Ihr Herz war ein kleines blaues Samenkorn. Stolz darauf, Boten eines so schönen Auftrags zu sein, lächelten sie beim Abschied und sangen während des ganzen Ausflugs sanfte, winderfüllte Lieder. Eine Windbarke trug sie durch die Himmel.

Als das Mädchen jene Wolke aus weißglänzendem Flaum sah, blieb es stehen, aber es hatte kein bißchen Angst. Es beobachtete, wie die Windbarke hoch oben, fast genau über seinem Kopf zum Stehen kam und lautlos zerplatzte. Ein weißer Konfettiregen zerstreute sich über die Erde. Sanft schneite er auf das Mädchen herab, das eine seiner Flocken erhaschen wollte. Aber da eine leichte Frühlingsbrise wehte, flogen die Pusteblumen immer auf und davon, kaum daß das Mädchen ihre Mähne mit seinen Fingerspitzen berührt hatte. Zunächst war das Mädchen verdutzt, aber nach mehreren Versuchen fand es Gefallen daran. Und es begann hinter ihnen herzurennen, und die Pusteblumen spielten mit ihm Fangen und tanzten wie kleine Lämmer um es herum. Und das Mädchen war überglücklich, weil es sich nicht mehr allein fühlte.

Die Pusteblumen, die man heute an lauen Sommeraben-

den sieht, sind die Nachkommen derer, die einst von der Venus kamen, um alleinspielenden Mädchen Gesellschaft zu leisten. Sie wurden aus dem blauen Samenkorn geboren, das ihre Vorfahren auf der Erde gepflanzt hatten. Und der Legende nach summen sie das Lied ihrer Reise, wenn in den Juninächten die Venus leuchtet, und sie tanzen dazu über Wiesen und Felder einen Reigen.

4. Die Amethystblumen

Eines Tages wird der Amethyst erwachen, und erneut wird zartvioletter Lebenssaft durch seine Kristalle strömen, und er wird wieder zu der Blume werden, die er einst war. Die Wärme einer Verlorenen Sonne wird dem Stein das Fleisch der Blütenblätter zurückgeben, und die Blume wird den Bienen wieder Duft und Necktar spenden."

So sprach der Großvater des Abends und hielt dabei einen seltsamen hohlen Stein in der Hand. Die Oberfläche war rauh, rostig und grünlich gefärbt. Zum Innern hin folgte eine von bunten Adern durchzogene Schicht aus glänzendem Achat, und ganz in der Mitte war ein geräumiges Nest aus reinen Kristallen, die in zahlreichen violetten Zacken ineinander verschachtelt waren.

Der Großvater des Abends strich sanft über die scharfen, aber dennoch ungefährlichen Kanten.

„Als über dem Erdenhimmel noch zwei Sonnen schwebten, war dieses Diadem von Leben erfüllt. Jetzt schläft es. Die Verlorene Sonne benetzte am Morgen seine Blätter mit violettem Tau, und mit den Tautropfen spielte die Blume und wuchs. Die Pflanzen schmiegten sich an den Fuß der großen Baumstämme, und die Blüten waren wie eine Handvoll Hortensien, die ein zartes, duftendes Licht verströmten.

Aber eines Tages mußte jene Sonne, in die man hineinschauen konnte, ohne daß es in den Augen wehtat, in andere, dunkle Welten ziehen, um ihnen ihr Licht zu bringen. Damit versiegte jener bläuliche Lebenssaft, der vorher auf die Erde gefallen war, und die Pflanzen, die sich von ihm ernährt hatten, mußten eine Zuflucht suchen.

Einige fanden im Schatten höherer Gewächse Schutz. Dort kann man sie heute noch finden, klein und duftend, versteckt und scheu, wie gejagte Tierchen. Sie werden Veilchen genannt. Es gab aber auch andere, die sich vor den unbarmherzigen Strahlen der großen Gelben Sonne nicht verstecken konnten, weil sie zu groß waren. Diese verkrochen sich mit ihren Blütenblättern in die Steine. So verschwanden die großen Amethystblumen von der Oberfläche der Erde, und ihre Blüten erstarrten im Herzen der Felsen."

Der Großvater streichelte die wunderschönen Kristalle wie ein schlafendes Kind, und die Kristalle antworteten freudig mit einem zarten Funkeln.

„Es steht geschrieben", sagte er, „daß eine Zeit kommen wird, in der die Verlorene Sonne an unseren Himmel zurückkehrt. Ihre erfrischenden, violetten Strahlen werden das Antlitz der Erde nachts mit zartem Tau benetzen – denn diese

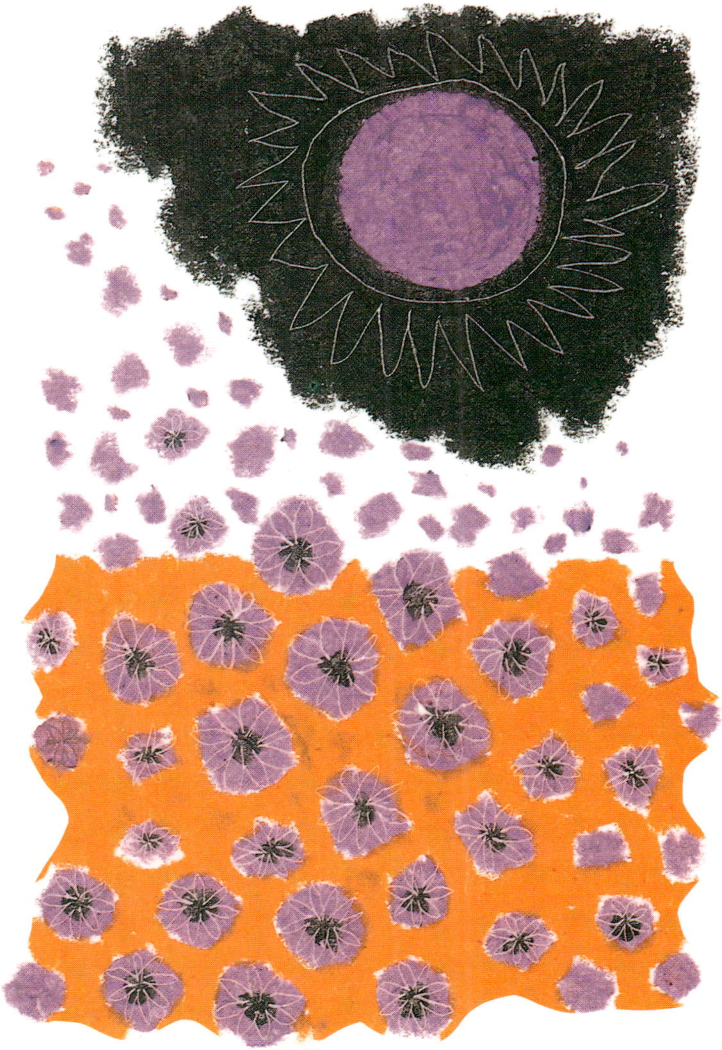

Sonne scheint nur in der Nacht –, und ihr Lebenssaft wird in die Felsen eindringen, bis er die schlafenden Blüten findet.

Dann werden die Amethysten zum Leben erwachen – selbst die, die mit der Wurzel aus den Steinen gebrochen wurden und heute als glitzernde Juwelen zum Schmuck getragen werden. Und die Kristalle werden sich in die Blütenblätter verwandeln, die sie ursprünglich waren, und die Bienen werden wieder ihren Nektar trinken. Und ihr violetter Duft wird sich wie ein Seidenschal um die wilden Gräser winden."

So kam der Großvater des Abends zum Ende seiner Geschichte und legte den Stein auf den Boden. In dem Amethyst leuchtete ein Lächeln.

5. Die Legende vom Feuervogel Churrinche

Diese rote Flamme, die von Baum zu Baum aufblitzt und die hierher kommt, um sich auf meiner Hand niederzulassen, ist ein Vogel, der aus dem Feuer geboren wurde. Er wird das Wasser, das ich für ihn in meiner Hand aufbewahre, Schluck für Schluck trinken. Er heißt Churrinche, der Feuervogel."

Der Großvater des Abends hielt in seiner Erzählung inne, als sich die Flamme auf seinem Daumen niederließ, ohne ihn zu verbrennen, und die Flügel zusammenfaltete.

Aus den Augen des kleinen Vogels sprühten durstige Funken. Er glühte vor Hitze in seinem Federkleid, und seine Kehle lechzte nach dem Wasser, das ihm der Großvater Abend für Abend anbot. Mit Genuß und ohne Hast trank er in kleinen

Schlucken, seufzte noch einmal in sanftem Gesang und verharrte dann in respektvollem Schweigen, als der Großvater weitersprach.

„Es gab eine Zeit, in der die Luft noch durch keinen Flügelschlag bewegt war. Die Vögel waren auf der Erde noch nicht geboren. Die Menschen betrachteten traurig den leeren Himmel, und sie lauschten in die Stille der Morgendämmerung. Nur des Nachts konnten sie sich freuen, wenn sie im Kreis am Lagerfeuer saßen, in dem die Holzscheite knisterten und sich die Flammen wie glühende blaue, orangefarbene und gelbe Blütenblätter in der Dunkelheit verloren.

So groß war der Wunsch dieser Menschen, die Luft des Tages möge sich mit Flügelschlag und Gesang füllen, daß das Feuer, das sie verehrten, in einer Nacht mit rotem Mond einen wunderbaren Vogelschwarm ausgähnte, der wie Blätter in einem Windstoß über das Urfeuer wirbelte und mit seinem Licht die Tiefen der Nacht erschütterte.

Zuerst waren es flammende Knospen, dann prachtvolle Feuerrosen. Es war das Herz des Feuers, das seine Flügel ausbreitete, eine Handvoll blühender Federn aus knisterndem Zwitschern und blitzenden Flügelschlägen.

Die Menschen freuten sich über die Geburt der Vögel. Im Morgengrauen lauschten sie ihrem Gesang und sahen zu, wie sie mit scharlachroten Feuerspuren die Himmel zerkritzelten.

So wurde der Feuervogel Churrinche zur Freude des Morgens geboren. Aber in seinen ersten Tagen hatte er es nicht leicht.

Der Vogel wollte sein Nest bauen, aber es gelang ihm nicht, weil das Stroh bei der geringsten Berührung mit seinem glühenden Körper in Flammen aufging.

Als die Menschen das sahen und merkten, daß der Vogel

Licht und Wärme spendete, wollten sie ihn einsperren, um Laternen zu machen und Öfen zum Brotbacken.

Und der Vogel wurde verfolgt.

Um sich nicht zu verraten, hörte er mit dem Singen auf und suchte Zuflucht in den Salzschluchten. Dort zügelte der Wind mit dem Zauber des Meeres die Hitze seiner Flammen, bis er nur noch lauwarm war. Daraufhin konnte er in die Berge zurückkehren, die er nur noch selten verläßt, und sich dort ein Nest bauen, ohne das Stroh zu entzünden.

Man erzählt aber, daß in den Nächten des Roten Mondes, wenn die Lagerfeuer der Menschen ausgehen und der Schlaf auf ihren Schultern ruht, die Feuervögel in der Tiefe des Dikkichts zu kleinen Flammen werden. Und so bewahren sie im Geheimen ihr verborgenes Feuer.

6. Die Meeresmuscheln vom Neptun

Es war schon immer schön, am Meeresufer zu spielen. Und mehr noch zu jenen fernen Zeiten, in denen das Wasser noch klar war und frisch, fast unbenutzt. Es war von einem zarten Grün wie die jungen Triebe der Orangenbäume im Frühling. Die Wellen hatten gerade erst Laufen gelernt. Sie richteten sich kriechend auf und fielen gleich wieder hin, um sich erneut mit ihren weißgelockten Schaumkronen zu erheben. Der verschwiegene Seetang lief auf Zehenspitzen, und die Leuchttierchen der Meere versilberten mit ihrem Glitzer die trägen Wellen der Abenddämmerung.

Aber über allem lag Stille. Das Meer war noch nicht von Geräuschen bewohnt.

Die erwachsenen Meere Neptuns hingegen konnten singen, denn sie hatten Stimmen. Es waren uralte Seestimmen, heiser vom Salz, die in den blauen, sandigen Tiefen Muschelchoräle sangen.

Aber sie waren so zahlreich, daß sie es eines Sonntagmorgens nicht mehr schafften, die gleiche Melodie anzustimmen. Und übervoll von Muscheln fingen die Meere des Neptun an falsch zu singen.

Deshalb beschlossen die Meeresmuscheln sich zu zerstreuen, und sie schnürten ihr Stimmbündel, um auszuwandern.

„Und daran haben sie gut getan", meinte der Großvater. Alle Dinge müssen ihre Stimme haben, alle sollen singen. Auf Neptun gab es Stimmen im Überfluß, während in den Wassern der Erde Stille herrschte.

Und so machten sich Schwärme von weißen, rosaroten und violetten Meeresmuscheln zur Abreise bereit. Sie flogen zu den Himmeln empor. Die Sterne waren so zahllos wie der Sand am Meer, und so zogen sie über den Sand der Sternenmeere dahin, mit ihren Gesängen auf dem Rücken.

Es war eine geruhsame Reise. Wer Lieder bei sich trägt, hat keine Eile.

Und jeder Rastplatz, jede Schenke irgendeines Planeten kam ihnen gerade recht, um eine Pause einzulegen und eine fröhliche Weise anzustimmen, wenn nur jemand zuhörte. Und die Meeresmuscheln vom Neptun spielten überall auf ihrem Weg zum Tanze auf und schütteten alle Musik aus ihren Gehäusen, die sich wie ein Zauberhut immer wieder von neuem mit Gesang füllten.

Als sie die hellgrünen, frischen Wasser der Erdenmeere erblickten, hielten sie verwundert inne, denn noch nie hatten sie so zarte Wellen gesehen, so zart, daß sie sich an den Küsten der

Welt in Schaum auflösten.

Die Wellen glänzten unter der Sonne der Amethysten, als der Schwarm Meeresmuscheln von den Himmeln herabglitt und in feierlichem Zug ohne den kleinsten Spritzer in die Tiefe des Ozeans eintauchte, wie Venusmuscheln, die vom Sand verschluckt werden. Sie fanden das Wasser ein bißchen kalt.

Seitdem plappern die Wellen auf den Meeren, murmelt der Sand, tanzt der Seetang, glucksen die Fische, und die Meeresmuscheln vom Neptun singen. Sie waren es, die allen Dingen die ersten Stimmen brachten.

Und jene Musik, die Musik des ersten Tages, ist nicht verlorengegangen. Man kann sie von den Meeresfelsen aus hören, oder auch aus dem Innern uralter Meeresmuscheln, die für gewöhnlich in den Häusern auf Regalen oder in Spielzeugkisten herumliegen.

Man braucht nur ein Ohr an die Meeresmuschel zu legen, damit aus den ozeanischen Welten, die in der Tiefe der Muscheln ruhen, der feierliche Urgesang der Meere zu uns kommt.

7. Das kleine Papierboot

Dies ist die Geschichte vom kleinen Papierboot. Und zwar nicht von irgendeinem, sondern vom allerersten, das an die Küsten der Erde kam, damals, in der frühen Zeit, aus der die Dinge von früher stammen.

Viele glauben, daß das erste kleine Papierboot aus dem Blatt eines Schulheftes gemacht wurde. Andere Gelehrte der Meeresgeschichte behaupten, daß es aus Zeitungspapier gebastelt war. Aber in der Frühen Welt gab es weder Papierläden noch Zeitungen, noch Schulhefte. Bevor der Wind entstand, gab es nur ein ruhiges, grünes Meer und kleine Sandbäche, in denen die nackten Füße der Kinder lachten, wenn ihnen der helle Sand kitzelnd durch die gespreizten Zehen rieselte.

Zu jener Zeit spielten die Kinder mit trockenen Blättern,

die sie im Wasser auf dem Rücken schwimmen ließen, mit dem Bauch zur blauen Sonne hin.

Währenddessen bauten die Alten Weisen der Venus in ihren kristallenen Werften interplanetarische Forschungsschiffe. Sie studierten die Himmelsströmungen und schickten auf diesen Luftflüssen nach und nach die ersten Testschiffe los: Nußschalen, Sardinendosen, bunte Gummipaddelboote (solche, die man aufblasen kann) und noch andere Modelle.

Bis zu einem Grüntag, an dem sie ein merkwürdiges unbemanntes Raumschiff aussetzten. (Der Grüntag ist der achte Tag der venusianischen Woche, denn auf der Venus hat die Woche acht Tage.)

Es hatte die Form eines gleichschenkligen Trapezes, dessen längere Seite die Reling und dessen kürzere den Kiel bildete. Ein Dreieck mit einer knallroten Fahne oben auf der Spitze vervollständigte seine Gestalt.

Noch nie hatte es ein Raumschiff von schlichterer Bauart und derart harmonischen Linien gegeben.

Da es sehr leicht war, konnten es die Astralströmungen ohne Schwierigkeiten forttragen, und es war wunderschön anzusehen, wie es auf seiner stolzen Fahrt den Sternen auswich und an den Monden vorbeisegelte. Es hütete sich aber, der Gelben Sonne zu nahe zu kommen, denn da es aus Papier war, konnte es sich an ihrer sengenden Glut leicht verbrennen.

Gestirne, Planeten, Völker und kosmische Nebel schauten gleichgültig zu, wie das Raumschiff „Papierboot“ vorbeizog. Da wurde es traurig. Es knitterte sich zusammen, holte die Flagge ein und durchfurchte mit gesenktem Bug kalte, leere Meere.

Bis es eines Abends in der Ferne einen merkwürdigen roten Planeten erblickte, der von kleinen gelben Adern durchzo-

gen war. Und da erinnerte sich das Papierboot, das einst die Windbarke von der Venus aus eine Besatzung von Pusteblumen zu diesem Planeten getragen hatte, und es steuerte die Häfen der Erde an.

Beim Näherkommen stellte sich heraus, daß jene goldenen Adern warme Bäche aus hellem Sand waren. Und als das Papierboot die Kinder sah, die mit den trockenen Blättern spielten, hißte es die Flagge und stieg mit erhobenem Bug herab.

Die Kinder ließen die Blätter liegen und drängelten sich um das kleine Boot, das sie wie ein überirdisches Wesen bestaunten.

Seit jenem Tag einer längst vergangenen Zeit ist den Menschen das venusianische Papierboot bekannt. Nach seinem Vorbild bauen es heute Kinder und Erwachsene nach. Und so halten sie den kühnen Geist der Seefahrer wach, der den Menschen von jeher zu großen Fahrten getrieben hat, auf schwimmendem Lächeln, Kolumbusschiffen, Raumfähren, fliegenden Teppichen, pochenden Herzschlägen, stolzen Sternen und kleinen Papierbooten.

8. Die Legende vom Clown

Kaum jemand weiß, daß der Clown, den du im Zirkus sehen kannst, das Abbild eines verschwundenen Volkes ist.

Der Sage nach bewohnte es vor dem Menschen die Erde und stammte ursprünglich vom Pluto, dem fernen, seidigen und blauen Planeten.

Von seinem Aufenthalt in unserer Welt ist ein Buch mit Geschichten und bunten Bildern erhalten. Aus seinen Seiten konnten wir einiges über die Geschichte dieses Volkes erfahren.

Zunächst, daß es ein frohes Volk war. Die größte Freude jedes einzelnen war, die anderen mit allerlei Kurzweil zu unterhalten und von angenehmen Dingen zu erzählen. Jedoch erst nach dem Frühstück, denn auf jenem Kontinent tat niemand etwas, bevor er nicht die erste Milch getrunken hatte. Und das galt für Groß und Klein gleichermaßen.

Diese Wesen waren hübsch anzuschauen. Sie brauchten sich nicht zu schminken, weil sie schon bunt geboren wurden. Für gewöhnlich hatten sie grüne und gelbe Nasen, und auf ihren Apfelsinenbacken war meist eine kleine violette Zeichnung, zum Beispiel von einem Fisch oder einer Blume. Sie waren die erste und echte Hippie-Generation.

Ihre Kleidung war passend, weit und bequem. Sie pflegten einen kegelförmigen Hut zu tragen, auf dessen Spitze eine Bommel saß. Dieses Modell wurde später für Jahrhunderte von Königen und Bischöfen getragen. Heutzutage sieht man solche Hüte oft auf Kinderfesten. Die Schuhe waren sehr breit und bequem, wie die von Charlie Chaplin, nur bunt.

Eines Tages – so berichtet das Buch – kam jemand auf die Idee, einen Clown als Menschen zu verkleiden. Aber kaum war er Mensch, fiel ihm, um die Clowns zu erheitern, nichts anderes mehr ein, als sie nachzuahmen. Aber da sein Gesicht weiß gewaschen, seine Kleidung grau und seine Schuhe schwarz waren, brachte er niemanden zum Lachen.

Und der Patriarch des frohen Volkes stellte fest: „Der Mensch, der diese Welt bewohnen wird, wird Ernst mit Traurigkeit verwechseln.“

Das bekümmerte die Clowns. Und da die Gefühle dieser Wesen in ihre Gesichter gemalt waren, hatten viele von nun an bei der Geburt die Zeichnung einer kleinen Träne, die aus dem Auge hervortrat und still auf ihrer Wange hängenblieb. Die Träne hatte einen grauglänzenden Farbton.

Eines schönen Tages bekamen die Clowns Heimweh und beschlossen, zum Planeten ihrer Geburt zurückzukehren. Vor

ihrer Abreise achteten sie aber noch darauf, daß alles an seinem Platz war: die Bäume, wo sie hingehörten, das Meer dort, wo es war, und die Vögel in Freiheit. Alles blieb sauber und ordentlich zurück.

Aber für die kommenden Generationen hinterließen sie Spuren ihrer Freude, die sich bis heute in den bunten Luftschlangen erhalten haben, mit denen sie das ganze Jahr über auf allen Straßen gespielt hatten.

Als Zeugnis ihres Aufenthaltes auf der Erde setzten sie ein bleibendes Zeichen. In dem Buch steht, daß die Antriebsraketen des Luftschiffes, mit dem sie wegflogen, einen Kondensstreifen aus sieben Farben zogen und so den ersten Regenbogen am Himmel formten.

Wenn also ein Regenbogen erscheint, ist das jedesmal ein Hinweis darauf, daß ein Schiff der plutonischen Clowns den Erdenhimmel durchkreuzt, auf seinem Kurs zu anderen Welten, um dort den Samen eines frohen Volkes zu pflanzen.

Man sagt, daß noch heute die Weisen der Erde nach Spuren des verschwundenen Volkes suchen, um aus den Zeichen jener Kultur die Gesetze der Freude zu erlernen.

Die Alten vermuten, daß die Hippiejugend bereits eine geheime Fährte gefunden hat.

9. Die Legende vom Rauch

Als die ersten Forschungsreisenden des dampfenden Planeten Uranus die Erde betraten, fiel ihnen auf, daß die Feuer dort ohne Rauch brannten.

Das war natürlich vor langer, langer Zeit. Heutzutage birgt jedes Streichholz in seinem roten Kopf zarte, bläuliche Fäden, die wir so oft gesehen haben, daß wir sie schon gar nicht mehr wahrnehmen. Aber früher war das anders. Damals konnte man sie nicht sehen, weil sie gar nicht da waren.

Für die Hausfrauen hatte das durchaus seine Vorteile: Die Töpfe wurden nicht rußig. Und die Studenten konnten ihre Demonstrationen machen, ohne daß ihnen der Rauch der Polizisten die Tränen in die Augen trieb. Aber das ist eine andere Geschichte.

Wenn man eine Flamme anzündete, um die Dunkelheit zu erhellen, stiegen die magischen, durchsichtigen Bänder tatsächlich langsam und senkrecht auf, ohne zu flackern.

Und die Träume, die einen kleinen Rauch aus einer so schönen Farbe haben, der sie lebendig und phantastisch macht, waren der Wirklichkeit ähnlich und so ganz ohne Zauber. Denn für das eine gibt es die Wirklichkeit und für etwas ganz anderes die Träume.

Am meisten hatten – wie immer – die Indianer darunter zu leiden.

Sie verständigten sich nämlich mit Rauchzeichen von Berg zu Berg, und das war sozusagen das erste drahtlose Telefon. Aber egal wieviel Feuer sie auch machten, der Rauch kam nicht, weil er nicht existierte. So verstand niemand nichts. Wenn beispielsweise ein Stamm einen anderen einlud, um den Geburtstag seines Häuptlings zu feiern, verpaßte der eingeladene Stamm das Fest, weil er die Botschaft nicht entschlüsseln konnte.

Die Uranier begriffen gleich, daß den irdischen Feuern und Träumen der Rauch fehlte. Dies war auch die erste Eintragung, die sie in ihr Reisetagebuch machten.

In Sachen Rauch hatten die Uranier auf ihrem Planeten verschiedene Formen und Anwendungsmöglichkeiten entwikkelt. Sie hatten einen dichten, blauen, sehr wärmenden Rauch, den sie als Schal benutzten. Und weiße Rauchwatte für die Fußböden der Kindergärten, damit sich kein Kind die Knie aufschlug, wenn es hinfiel. Und in den Träumen benutzten sie fast immer grünen und orangefarbenen Rauch.

Da der Rauch ein sehr nützliches und billiges Produkt war, legten sie ganze Rauchplantagen an. Die großen Plantagen

wurden für industrielle Zwecke benutzt, insbesondere für Lokomotiven, Raumschiffe und Fabriken. Im Brandfall wurde roter Rauch verwendet. Und es gab kaum ein Haus, das nicht wenigstens ein Rauchbäumchen für den täglichen Bedarf im Garten hatte.

Bevor sie ihre Reise fortsetzten, verstreuten die Uranier auf der Erde ein kleines Säckchen voller Rauchsamen. Es waren durchsichtige kleine Samen, wie Rauhreifkristalle.

Sie reiften mit der ersten Sonne der Amethysten. So keimten die ersten zarten Triebe aus perligem Rauch. Vereinzelt die einen, in dichten Büscheln die anderen. Der Abendwind riß sie ab, und sie flogen in alle Richtungen, wie die Pusteblumen der Venus oder wie Watteflocken, auf der Suche nach luftigen Plätzen.

Seitdem lebt der Rauch wild auf der Erde: zart und gemächlich wie der Morgendunst über den Feldern; ungestüm wie junge Fohlen, wenn die Metalle brennen; mit trägem Farbenfluß in den Träumen des Mittagsschlafes; ruhig in der Glut der Zigarette; entschieden im nächtlichen Lagerfeuer; vorsichtig in geschlossenen Räumen; kühn an der Spitze der Schornsteine.

Aber der Mensch konnte ihn nicht zähmen. Auf der Erde gibt es keinen einzigen Rauchhund, keine Rauchbäche und keine Zaubervögel wie auf dem Uranus. Nur der geduldige Indianer von früher hat ihn zum Sprechen gebracht und ihn als Boten benutzt. Aber nur er allein kann seine Pirouetten entschlüsseln.

Vielleicht bewahren einige Kinder heimlich eine kleine Rauchpflanze auf. Ganz heimlich, weil die Rauchpflanzen mit Feuer gegossen werden müssen und die Mütter schimpfen, denn sie sagen, das sei sehr gefährlich.

10. Der Tau vom Merkur

An jenem Tag kam der Großvater des Abends im Morgengrauen zum Meeresufer. Damals war das Licht noch langsamer als die Gelbe Sonne. Die Sonne war schon wie ein orangefarbener Mond über dem Horizont aufgegangen, während das Licht, das wie ein anhänglicher kleiner Hund hinterherkam, gerade erst die Linie überschritt. Weiß, strahlend. Ein zarter Ausbruch, der in Zeitlupe der Gelben Sonne folgte.

Der Großvater hielt ein schwingendes Band aus grünem Gras zwischen seinen Fingern. Auf dem Band schaukelte ein kleiner Juwel, in das Pflanzendiadem eingefaßt von den Geheimnissen des Gleichgewichts.

Die Sterne lösten sich wie Zuckerkrümel am Himmel auf, der blau erwachte.

Als die Hände des Lichtes das große Himmelszelt streichelten, behielt jener Tropfen aus leuchtendem Kristall den leise zitterndeen Glanz der Sterne, die sich in der Helligkeit verloren.

„Dieser unscheinbare Wassersamen", hob der Großvater an und setzte sich auf seinen Felsen, „wandert in den Stunden des Tages zum silbernen Merkur, seinem Heimatplaneten. Mit den ersten Sonnenstrahlen beginnen die Wassersamen aufzusteigen, zu Tausenden und Abertausenden in einer durchsichtigen Schicht, bis sie sich ganz weit oben mit den Sternen zu einem einzigen Schwarm vereinen. Dann ziehen sie sich auf den Merkur zurück, von wo aus sie eines Tages aufbrachen, um der Erde funkelnden Glanz zu bringen."

Das war vor vielen Jahrhunderten. Von den Tälern aus Perlmuttklee am Fuße der Wasserberge betrachteten die Merkurianer den Himmel und hingen ihren Gedanken nach, die zarte, bunte Wolken bildeten. Wenn sie nachdachten, formten sie gelbe, himmelblaue und orangefarbene Wolken. Wenn sie sich ärgerten, waren die Wolken rot.

Auf ihren sanften Wiesen spielten die Merkurianer bis zum Morgengrauen „Sterne und Planeten zählen". Dann schliefen sie in den Knospen des Perlmuttklees ein und träumten von ruhigen, violetten Himmeln voller Sterne.

Aber eines Tages sahen sie einen matten Planeten ohne Glanz und wurden traurig, weil von diesem Tag an ihre Träume von einem Fleck getrübt waren. Und da alles, was sie dachten und fühlten, Gestalt annahm, entstanden aus diesem kleinen Kummer kristallklare Schmetterlinge aus Wasser, und kaum daß sie in der Luft waren, flogen sie auf und davon. Und sie flogen und flogen, hin zu dem erloschenen Planeten, und jeder von ihnen trug zwischen den Flügeln einen Glanz.

Eines Nachts schwebten sie herab, ein Schwarm schüchterner Strahlen, der sich funkensprühend auf den Gräsern niederließ.

Seitdem schimmert der Planet Erde in einem hellen Grün, wie frische Meere im Sommer.

„Die Geschichte erzählt“, sagte der Großvater, „daß sich auch die Tränen, die aus dem Kummer der Kinder entstehen, in Wassersamen verwandeln, in Zellophanblüten, Kristallschmetterlinge und Morgentau. Und mit den Tautropfen leben sie, steigen auf und fliegen zu den Kleefeldern des Merkurs. So kehren sie zurück, Tränen und Tautropfen, die im Morgengrauen auf den Wiesen glitzern.“

Der Tautropfen wiegte sich auf dem Grashalm, den der Großvater in der Hand hielt, und lächelte verschmitzt: Er war nämlich gar kein Tautropfen. Er war die Träne eines kleines Mädchens.

Und wie der Hauch eines Vogels stieg er sanft empor, breitete die Flügel aus, und mit allen anderen Tränen flog er davon.

11. Die Drachen von der Venus

Was hält der Großvater des Abends da zwischen seinen Fingern? Einen Bindfaden. Einen dünnen, straff gespannten Bindfaden. Der Großvater wirkt etwas mißgestimmt. Die Schnur verliert sich in der blauen Tiefe des Himmels. Und weit in der Ferne spielt ein bunter Punkt im Raum, manchmal still wie ein gefangener Stern, manchmal ausgelassen wie ein junger Hund im Hof.

„Heute fängt die Jahreszeit der Drachen an", sagte der Großvater. Ein frischer, lebhafter Wind trug den Duft des Frühlings über die Erde.

Der Großvater des Abends setzte sich auf seinen Felsen. Der bunte Punkt machte Kapriolen, als ein Schwarm kleiner violetter Wolken an ihm vorbeizog. Und der Großvater begann zu erzählen.

Es war am Anfang von Allem. Das einsame Mädchen ließ sich, müde vom Laufen, auf der Wiese der gelben Blumen nieder. Es war am Morgen eines glasklaren Tages, und die Sonne der Amethysten war schon durch einen Schlitz auf halber Himmelshöhe verschwunden. Mit den Fußspitzen streifte es sich erst den einen, dann den anderen Schuh ab. Die kühle Luft strich durch seine kleinen Zehen. Der Blick des Mädchens schweifte durch die leeren Weiten. An den Hängen wogte ein Meer von Blüten in der Brise.

Das Mädchen befragte die Himmel nach den Farben, und die Himmel antworteten mit einem einzigen Blau. Darauf durchforschte es die Luft, ob es denn niemanden gäbe, den es um einen grünen Fisch, ein kleines orangefarbenes Boot, ein blaues Blatt bitten könnte. Sein Blick flatterte umher wie ein verlorener Schmetterling, irrte durch den Raum und verfing sich schließlich in der Ferne in einem gläsernen Zweig. Er war in einem Garten der Venus angekommen.

Dort wurde er von einem Alten Weisen bemerkt. Der verirrte Blick schimmerte wie ein blauer Tautropfen am Morgen. Der Alte Weise von der Venus begriff, daß diese wandernde Träne für ein einsames Mädchen stand, das am blanken Tageshimmel nichts zum Anschauen hatte. So kam es, daß die Werften der Venus eine Lichtbarke mit schlanken, olivfarbenen Masten auf die Reise schickten. An der Reling hingen bunte Seedrachen, die ungeduldig mit ihrem Papierschweif knatterten.

In den Nächten der Überfahrt legten sich die Reisenden zur Ruhe und überließen die dunklen Weiten den Sternen, die sich wie glitzernde Sandkörner über den Himmel ausstreuten und Frieden in die Herzen derer brachten, die sie in Ruhe betrachteten.

Die Lichtbarke ging in einer geschützten Bucht aus weißen Wolken vor Anker. Es war ein klarer Frühlingstag. Der wachhabende Drachen hatte die Wiese der gelben Blumen gesichtet. Aber die Reisenden stiegen nicht aus. Sie warteten auf ein Zeichen.

Als das Mädchen die bunten Tiere in der Luft tänzeln sah, lächelte es. Und sein Lächeln wurde zu einem singenden Lachen, das aufstieg und sich unter den lebhaften Drachenschwarm mischte.

Die Drachen balgten mit dem Gelächter herum und spielten mit ihm. Das war das Zeichen, auf das sie gewartet hatten. Nun erst stiegen sie aus, wie eine Handvoll Papierschnipsel, die auf einer Luftrutsche herunterkamen.

Aber als die fliegenden Drachen über dem Septemberhimmel ausschwärmten, wollten die Menschen diese Papierwesen einfangen, die doch gekommen waren zu geben, ohne etwas dafür zu verlangen.

Während der ersten Tage konnten die grünen Fische, die kleinen orangefarbenen Boote und die blauen Blätter noch frei umherfliegen. Sie sahen aus wie Blütendolden und winzige schwebende Blumenwiesen. Aber dann begann die Jagd.

Vielen gelang die Flucht. Andere verstrickten sich in den Fäden und wurden eingefangen. An einer Leine wurden sie gezähmt und in den Himmeln festgehalten, wie Spielzeugboote im Becken eines Springbrunnens.

Einige konnten sich losreißen. Sie stiegen empor und verschwanden.

Die Drachen, die man heutzutage von den Hügeln aus steigen läßt, werden nach dem Vorbild dieser ersten gebaut, die mit der Lichtbarke an unseren Himmel kamen. Die alten venusianischen Drachen kehrten nicht wieder.

Der Legende nach wurden diejenigen, die sich losreißen konnten, zu Sternschnuppen, bei denen man drei Wünsche frei hat, wenn sie in klaren Nächten silbrig funkelnd über den Himmel huschen.

Der Großvater des Abends durchtrennte die Schnur, an der der Drachen gefangen war. Der Drachen schüttelte seinen Papierschweif im Wind, wirbelte ein letztes Lebewohl und flog in die Freiheit.

In jener Nacht soll ein Komet in majestätischer Bahn über den Himmel gezogen sein. Und der Großvater äußerte nur einen einzigen Wunsch, denselben, den das Mädchen auf der Wiese der gelben Blumen hatte: daß er zurückkehren möge.

12. Das Lied im Kieselstein

Was ihr dort liegen seht, ist ein Lied", sagte der Großvater, aber die Dinge von damals glaubten ihm nicht.

Die Gewässer murmelten ihr Lächeln, die Bäume wiegten es in ihren Wipfeln, und die Wolken fingen an zu kichern.

„Und ich sage euch, daß es ein Lied ist", wiederholte der Großvater des Abends ungehalten.

Der kleine, blankgeschliffene Stein hatte sich im Sand eingenistet. Er hatte die Meere durchquert, manchmal auf den Schaumkronen reitend und manchmal über den sandigen Meeresboden rollend. Müde kuschelte er sich in das vom Sand feuchte Ufer. Die Gelbe Sonne leckte sein Gesicht. Er war eingeschlafen.

Er hatte die Farbe saftigen, glänzenden Holzes, die glatte

Haut schmackhafter Äpfel und den festen Körper der Steine. Der Großvater setzte sich zu ihm.

„In seinem Innern schlummert ein Lied", erklärte er den Dingen.

Es gab eine Zeit, in der es gesungen wurde. Damals lebte es in den Meeresvögeln. Sie flogen in Schwärmen, dicht über den grünen Wassern und tauchten, um sich auf den Meerespflanzen niederzulassen. Während des Sommers nisteten sie an den Felsenküsten und in den kalten Monaten zwischen warmen Schwämmen im Schutze roter Korallen. Sie lagerten in goldenen Sandtälern, die sich zwischen blauen Bergen auf dem Meeresgrund wellten. Die Meeresvögel konnten durch Luft und Wasser fliegen.

Morgens kamen sie oft ans Ufer der Erde und schaukelten wie kleine Lampions in den Palmen. Das war zu der Stunde, in der die Gelbe Sonne aus dem Bett kroch und Wolken von Licht ausgähnte. Dann füllten sich die Körper der Meeresvögel mit Farben. Und die Farben sangen. Das Blau des Schnabels, das Grün der Flügel, das Orange der Brust, das Violett des Schwanzes. Denn die Meeresvögel sangen nicht nur mit dem Schnabel. Auch ihre Farben erwachten, wenn das erste Licht des Tages auf sie fiel, zu fröhlichen Trillern, freien Trillern des Morgengrauens. Dann ließ ihr schillerndes Gefieder all seine Stimmen frei, und sie schwollen zu einem einzigen Chor an, sangeslustig, wie Kaskaden überströmenden Wassers. In ihrem Gesang war das Raunen der ruhigen See und das leise Flüstern vorbeiziehender Wolken.

In ihren Stimmen sangen alle Dinge, und allen Dingen galt ihr Gesang. Ihm lauschten die Knospen, die sich ins Leben hervorwagten; der Sand, der in den ersten Sonnenstrahlen schimmerte; der Mond des Tages, der wie eine Gondel am Himmel

schaukelte; der in der Luft flimmernde Staub, in dem das Licht einschläft; die Tierchen von früher, die ihre Ohren aufmerksam spitzten.

Aber jemand wollte sie jagen. Um aus jedem einzelnen Vogel viele zu machen. Einen aus jeder Farbe und aus jeder Farbe eine Stimme. Um so diese singenden Federbüschel in Käfige zu sperren, mit nur einem einzigen Gesang, der nicht für alle Dinge, sondern nur für einige wenige bestimmt war.

Die Meeresvögel wehrten sich. Sie wollten nicht diese gefangene und traurige Stimme sein. Sie waren alle Stimmen, für alle Dinge.

Da schloß sich jeder Vogel zu einer steinernen Faust, um nicht zerteilt zu werden. Sie taten sich zusammen, alle miteinander, Federn und Farben. Und sie preßten die Zähne aufeinander und verstummten. Und so wurden sie zu einem einzigen Stein, der seitdem im Meer wohnt und manchmal am Ufer auftaucht, rollend und wandernd, auf der Suche nach dem Tag, an dem sich Flügel und Farben, Triller und Stimmen wieder frei aus dem Stein entfalten werden.

„Auf, fliegt“, bat der Großvater die versteinerten Stimmen, die sich in der Sandmulde eingenistet hatten.

„Sie werden schon fliegen“, antwortete das Meer. „Aber noch ist ihr Tag nicht gekommen.“

Und in den Falten einer schäumenden grünen Welle kehrte das angeschwemmte Lied ins Meer zurück.

Mauricio Rosencof wurde am 30. Juni 1933 als Sohn jüdischer Einwanderer in Florida/Uruguay geboren. In den 60er Jahren arbeitete er als Schauspieler, Journalist, Schriftsteller und Theaterautor. Als führendes Mitglied der Tupamaros wurde er 1972 verhaftet. In den Jahren der Diktatur (1973–85) wurde er als „Geisel des Staates" in völliger Isolationshaft gefangengehalten. In der Zeit seiner Gefangenschaft entstanden u.a. auch die vorliegenden Geschichten, die er für seine kleine Tochter Alejandra geschrieben hatte. Sie wurden beschlagnahmt und kehrten erst zwei Jahre nach seiner Freilassung in die Hände des Autors zurück.

Von Mauricio Rosencof erschienen im Verlag Libertäre Assoziation: *Hundeleben. Literarische Einmischungen eines Tupamaros* und zusammen mit E. Fernández Huidobro *Wie Efeu an der Mauer. Erinnerungen aus den Kerkern der Diktatur.*

Elbio Ferrario war als Mitglied der Tupamaros ebenfalls lange Jahre in Haft und arbeitet heute als Kinderbuchillustrator und Puppenspieler.